고백이 참 희망적이네

유강희 시집

문학동네시인선 113 유강희

고백이 참 희망적이네

시인의 말

삶이 자꾸 시를 속이려 들거나
혹은 시가 삶을 속이려 들 때마다
나는 우두커니 먼 데를 바라본다.
먼 데가 와서 나를 태우고
끝없이 날갯짓하여
부디 날 서럽지 않게
어디론가 더 멀리 데려가주기를,
그 먼 데는 그렇다면 새이어야겠다.
먼 데가 먼 데와 하나로 딱 붙어
사랑의 지극한 말씀이어야겠다.
하여 부질없고 헛되이 나는
별들의 반짝임이 실은 아프디
아픈 별의 속엣생피라고
그대 앞에 그제야 겨우
귀엣말할 수 있으리.

2018년 겨울
유강희

차례

2부 잊힌 기억이 날개를 만든다

3부 당신과 나 사이 너무 섭섭해

4부 꽃을 흔들어주고 싶었지만

1부

영원의 반짝이는 개울 하나

돌

아직 던져지지 않은 돌

아직 부서지지 않은 돌

아직 정을 맞지 않은 돌

아직 푸른 이끼를 천사의 옷처럼 두르고 있는 돌

아직 말하여지지 않은 돌

아직 침묵을 수업중인 돌

아직 이슬을 어머니로 생각하는 돌

그리고 잠시 손에 쥐었다 내려놓은 돌

아직 조금 빛을 품고 있는 돌

하늘을 걷는 사람
—봄비

그끄저께 내린 봄비는
죽다 다시 살아난 영감의 이야기

하지만 한 무더기 찔레꽃에는
입이 커다란 가죽가방이 없다

구름에게 들킨 사소한 첫사랑의 흉터가
산맥처럼 그의 몸속을 흘러다닐 뿐

그녀에게 보낸 편지는 다시
돌호수에서 돌수련으로 환생하고

까치 혼렛날을 알려줄 꿀벌은
언제쯤 바람의 페달을 밟고 날아오나

네가 오고 있는 곳으로 눈썹만큼씩만
밀고 가는 나의 힘겨운 가엾은 쪽배

사슴반

사슴반에 갔다
사슴반은 시골에 있다
고향 가까운 고향에 있다

사슴반 선생님이
뿔을 흔들며
운동장을 가로질러 나왔다

"나도 사슴반에
끼워주세요?"

사슴반을 몰랐던 나는
참나무숲 안경을 쓴
선생님에게 말했다

'근데 난 사슴반을
어떻게 알았을까?'

냄새나는 가방에서
청록의 칼을 든
이순신 동상을 꺼냈다

"사슴반이 되려면

먼저 사슴이 돼야 해!"

부임한 지 얼마 안 된
젊은 선생님은 계단을
깡충깡충 뛰어올랐다

가시덤불과 큰 바위와
긴 굴을 마침내 통과해
난 사슴반 교실 앞에 섰다

그러나 문 안은 너무
고요하고 고요한 세계여서
난 그냥 밖에 울며 서 있었다

부처꽃

한 소녀가 한 소년에 의해
끌려가고 있었다
챙이 넓은 등산모를 쓴
소녀는 그러나 소년의 손이 아니라
소년이 앞장서 잡고 가는
막대기에 끌려가고 있었다
그 '하얗게 빛나는 막대기'를
소년은 무슨 귀중한 유산처럼
들고 가는데, 앞을 보랴 뒤를 보랴
갑자기 퍼붓는 빗속에 소년은
언뜻 가면서 오는 사람 아니
오면서 가는 사람처럼 보였다
흰 꽃을 짓이겨 만든 공처럼
얼굴이 작고 동그란 눈먼 소녀의 발 앞에
길이 먼저 더듬더듬 눕고 있었다
비는 점점 세차게 내리고
연꽃은 벌써 시릉시릉 지고 있었다
내 눈엔 소년이 소녀를 끄는 게 아니라
신기한 소녀가 소년을 끄는 것처럼
보였다 둘은 그만 물보라처럼
지워질 듯 자욱해져갔지만
못가의 부처꽃은 붉게 고개 쳐들고
저를 눕혀 빛을 만든 막대기는

하나의 오래고 굳센 약속처럼
공중을 받쳐 더욱 또렷이 빛났다
모르는 어딘가로 그들을 이끌고 있었다

도토리 두 알을 위한 노래

1

도토리 한 알 옆에
또 도토리 한 알
언제부터 거기
있었을까

울지도 않고
웃지도 않고
커다란 바위 아래
서로 모르는

딱한 우주처럼

2

하나의 그림자가
하나의 그림자를
껴안고

서랍이 많은
공기와 놀다

가위와 자 대신

수신인 없는
편지를 쏟는다

3
연애 기술을 모르는
도토리라고는 하지만

중심으로부터
솟아오른

하나의 절대,
하나의 세계,
하나의 존재,

내면의 팬티를 벗듯
깍지를 벗어던진다

4
도토리 귀를 슬쩍 잡아당기면
숲의 가장 안쪽 물결이 인다

물의 바퀴를 굴리며
흰 돛과 붉은 돛이
미끄러져온다

내 호주머니 안쪽
호랑이 울음
만져진다

이슬방울처럼
차고
맑은데,

깨지지 않는다
깨어나지 않는다

5
방석과 엉덩이가
하나로 붙어 있는

이 선(禪)적
포즈의 위험성에 대해

숲의 속눈썹은 말이 없다

까마귀를 비벼 먹다

1

공양미 삼백 석에 팔려간 심청이 흰 속살 같은 눈만 파먹다가 겨울도 싫증이 났다 참나무 밑을 찾아가 다람쥐 발자국을 탁(拓) 뜨기도 하고 냇가에 나가 귀를 기울였으나 물은 비린내도 없이 문을 잠가버렸다 귀 한쪽만 마른 냇가에 두고 왔다

2

이웃에 사는 할머니가 눈탱이 퉁퉁 부어 우리집을 찾았다 베트남 신부를 데려왔는데 하룻밤 자고 새로 사준 옷만 입고 그대로 달아나버렸다고, 그럼 그렇지 나는 못된 여시같이 콧방귀를 킁, 킁, 뀌었다

3

그 할머니 동산촌으로 이사를 가버렸다 다리 한쪽을 커다란 붓처럼 땅바닥에 직직 끄시며 교회에서 주는 흰밥을 가지고 오던, 이가 없는 늙은 어머니는 그걸로 누룽지를 만들어 먹곤 했다 이제 그 흰밥이며 떡과 과일은 다시 오지 않으리라

4

태양 속에 둥지를 튼다는 검은 까마귀떼가 눈 쌓인 삼례 보리밭에 앉아 있다 나는 열사흘을 굶은 아귀같이 바라본다 침이 먼저 꿀꺽, 월경(越境)을 한다 아름다움을 복용하는 것만으로 이 시대를 칭송하기엔 불가능하다는 걸 이제야 깨닫는다 숟가락도 없이 허겁지겁 까마귀를 비벼 삼킨다 가슴뼈까지 오독오독 씹는다 찬물 한 모금 없이

5

집과 골목과 먼산과 들에 눈이 쌓일수록 붉게 이글거리는 식욕은 더 크고 깊게 입을 벌린다 입들이 차창 밖으로 푹, 푹, 빠진다

구하라, 바닥없는 바닥을 모르는 저 길쭉한 겨울 입들을……

뱀 집

사촌 누이가 삼촌 무덤에
넣어준 핸드폰이 아직
울리는지 안 울리는지가
문득 궁금한 즈음
나의 마흔은 지나갔다

낮에는 다리 위로
컨테이너를 실은 기차가
지나가고 밤에는
낯선 자가 다리 밑으로 와서
죽은 자의 옷가지를 태운다

그 다리 가까운 언덕 아래
조등(弔燈)처럼 조그만 그늘이
내걸린 뱀 집은 있어
그 앞에 쪼그려 훌쩍이는
붉은 비늘구름 한쪽

한낮에 장수말벌이 왱왱
정수기를 팔러 왔다가
문전에서 쫓겨나고
독거 메꽃은 흠, 흠
향기 없음을 눈치채고

얼른 제 입을 틀어막는다

후두암으로 죽은 삼촌이
무덤 속에서 핸드폰으로
말을 하는지 안 하는지가
문득 궁금한 즈음
나는 뱀 집 앞을 지나간다

가끔 무덤 속으로 전화를 건다는
사촌누이는 아직 시집을 못 가고
흘러들어야 할 무슨 빛이라도
있는 듯 그렇게 자줏빛으로
가만히 혼자 저무는 뱀 집

식탁 위를 달리는 달

이 어둡고 침침한 부엌에도
둥근 식탁이 하늘에서
내려왔네

어머니 왈,
달이 하늘에서
내려왔으니 하늘은
오늘 저녁부터 어디서 밥을 먹남

바보 아들 왈,
식구도 많지 않은걸
이왕이면 하늘도 함께 불러
밥 먹으면 좋지 않을까나

(숟가락 하나만 더 놓으면 되는걸)

어머니 왈,
그럼 그러자꾸나
근데 하늘이 하늘을 놔두고
내려와 우리랑 밥 먹을라나 몰라

바보 아들 왈,
하늘은 할 일도 많은데

밥 안 먹고 무슨 힘으로 버텨요
다 먹고살자고 하는 일인데요 뭘

(참, 걱정도 팔자라더니 끌끌 쯧쯧)

달랑 두 식구인
귀가 잘 안 들리는 어머니와
그 바보 아들은 그날 저녁 늦도록
먼지 묻은 달의 모서리를 털고 닦느라
둘 다 깜박 저녁 먹는 것도 잊었습니다

나는 산불감시초소를 작업실로 쓰고 싶다

어떤 작가는 성당을 작업실로 썼다지만
나는 산불감시초소를 작업실로 쓰고 싶다
긴 철제 사다리가 마치 천국으로 가는
계단처럼 비스듬히 기대어 있는
(그러나 결코 천국에 가기 위한 것은 아님)
그리고 작은 창이 달려 있고
녹색 양철 지붕이 있는 집,
이 산불감시초소에서 한 계절을 나고 싶다
나는 매일매일을 뜬눈으로 지샐 것이며
밤에는 모르는 별의 문자를 해독하고
잠 못 드는 새의 울음소리를 채집하여
나의 자서전에 인용할 것이다
(그건 아직 먼 후의 일이지만)
그리고 나는 먼 구름을 애인으로 둔
늙은 바위로부터 겨우겨우 모은 전설을
바람의 피륙에 한 땀 한 땀 기록하리라
나는 또 사라진 짐승들의 발자국을 좇아
하루종일 숲속을 헤맬 것이다
나의 관심은 그러나 그것들에 있지 않다
지금 살아 있는 것들의 불타오르는 내면을
나의 열렬한 정부로 삼고 싶을 뿐,
멀리 도시의 불빛도 잠재우고
나는 홀로 외롭게 마음속 산적을 불러

그들과 함께 녹슨 칼을 푸른 숫돌에 갈며
절망이 타고 가는 말의 급소를 노릴 것이다
마침내 나는 산불을 지르고 도망칠 것이다
비겁의 검은 숲을 모조리 불태울 것이다
아직 펄펄 숨쉬는 짐승들의 시간을 불러올 것이다
비명, 비명, 비명의 바윗돌을 구르게 할 것이다
나는 미친 듯 길길이 산비탈을 뛰어내려오며
결국 아무것도 태울 수 없는 빈산이 내 안에 있음을
숨죽여 몸서리칠 것이다

동물 열전
—손바닥 시를 위한 습작

여우
너희들에게
기쁘게 잡아먹힌
옛집의 하얀 밤을

돼지
세종대왕에겐
돼지 콧구멍도
용상(龍床)이시니

닭
암탉이 시를 쓰면
시인들이란 기껏 찜이나
프라이 정도 만들 뿐

소
선배들의
육체노동이 더
행복했을 수도

쥐
네 발자국을
기억하지 않는 쥐
쥐구멍만 찾는 쥐

개
실어증을 앓는
노란 달과 우물
털보*와의 대화

고양이
아기로 죽은
푸른 원혼들이
너를 빌려 운다

거위
나는 게 귀찮아
목청만 키웠으니
날개보다 큰 비명!

염소
이제는
이 고집쟁이 영감과도
황혼이혼 해버릴까보다

호랑이
동물원에 갇힌
우리 산신령님부터
얼른 구해드립시다!

* 어릴 적 집에서 기르던 개의 이름.

내가 아는 별들

깜박이를 켜놓고 신호를 기다린다

정체(停滯) 없는 하늘이라고 적는다

나무의 만삭
—손바닥 시를 위한 습작

1

영혼 없는 자
눈썹 돋지 않고
물에 젖지 않네

2

생밤 같은 발
배꼽에 묻고
달리는 그림자

3

붉은 구름사전
펼치기도 전,
천둥과 키스

4

붕붕 노를 저어 온
나그네 옆구리
노란 음표들

5

하늘의 정기 휴일
별들의 무기정학
시어(詩魚)들의 동맹 파업

6

상추씨만한 고독이
낳은 침묵의 알
날개 돋친 새 신부

7

수직의 푸른 돛대
수학여행 가는 토끼
하나둘셋넷다섯……

돌아

돌아
너무 맑은 날 아침은
네 가난한 거죽에도
새 옷 한 벌 해주고 싶어

어느 영원의 반짝이는 개울 하나
너랑 손잡고 건너고 싶어

영(靈)이니 육(肉)이니
이런 성가신 말 다 버리고
쨍쨍 빛나는 저 하늘의 부신 이마같이

한나절 귀먹은 나귀처럼 가고 싶어
돌아, 네 새끼발톱에 비치는
피멍이 우리가 말하는

그런 사랑이쟈? 그쟈?

그렇다, 라고 대답해줘
너무 맑은 날 아침은 백 번도 더
그렇다, 라고 말해줘

날 버리고 간 붉은 구름에게도

옛날의 버림받은 검은 꽃에게도
변덕쟁이 늙은 애인에게도

그늘보다 그늘 아래 물보다
더 낮은 목소리로 속삭여줘

돌아
지금 막 눈뜨는 착한 돌아

버섯을 따러 갔다

버섯을 따러 갔다
능이, 송이, 싸리, 오이, 밀, 솔……

시에서 벗어나 시 밖으로
가는데 죽은 변기가 자꾸
엉덩이를 물고 따라왔다

다리 위를 지날 때 아래로
질긴 변기를 던져버렸다
엉덩이에 남은 물린 자국을
구름에게 보여주었다

강물에 빠진 변기가
바다 멀리 헤엄치며 나아갔다
드디어 흰 물고기가 되었다

바다로 나아간 변기가
고래나 상어 아니면
은빛 멸치떼가 되었나
궁금할 즈음 시 밖의
울창한 산을 오르고 있었다

그때 갑자기 등뒤로

거대한 구름버섯이 솟아올랐다
작은 줄무늬 다람쥐 놀라
그대로 앞발 들고 기절했다

검은 밤 한 톨 입에 문 채,

제단

대리석이 있고
대리석 위에
쥐 한 마리가 차려져 있다

입이 까다로운 가을비가
아까부터 입맛을 다시고 있다
가만가만 붓질을 하고 있다

붓질이 지나갈 때마다
쥐도 따라서 갈색의 붓이 되어간다

결 고운 하나의 붓이 탄생되는 동안
붓에도 그새 이빨이 돋았나
분홍 속에 박힌 단단한 촉,

매화나무 등뒤에서 지켜보던
고양이가 바로 입술을 훔친다

방울을 목에 달고
얼룩 가죽옷을 걸친 그녀는
달밤에 춤추는 신성(神聖)의 제사장,

그녀만의 의식이 치러지는 동안

짐승의 가죽 속에 웅크리고 있던
청동칼이 혼자 가릉가르릉거린다

지금은 아주 오래된 슬픔에다
먼 우주의 새물을 대어주는 시간,
쉿, 그녀의 수염이 빳빳해지고 있다

으름꽃

나의 거기와
너의 거기가 만나
피우는 향기

가까이 다가갈수록
사라지는 입술
사라지는 물소리

나의 거기가
너의 거기로부터 빠져나와
어쩔 줄 모를 때

떨어지는 꽃잎의
가느다란 비명
비명으로 만든 미소

다물어지지 않는
너의 무덤 속
애욕의 신발 한 짝

벌의 날갯짓 소리
천둥소리보다 크고

2부

잊힌 기억이 날개를 만든다

잊힌 사람

전주 이씨 묘 옆을 지나다가 고즈넉하다 어쩜 저렇게 키 작은 풀들이 가지런히 두 손을 들고 있나
자세히 보니 잊힌 사람의 혼령을
환한 낮에도 밝혀 들고 있다
구름의 헛된 꿈을 필사하는
연못에 새는 더이상 날아오지 않고
느릅나무는 비단으로 감싼 거울을 꺼내
제 잎의 운명을 스스로 점친다

바지 뒤 호주머니 단추가 언제
떨어졌는지 실밥만 풀려 간신히
어제의 기억을 붙들고 있다

팔라우공화국 황금해파리는
잊히지 않기 위해 태양을 따라 돈다

잊힌 사람의 기억이
날개를 만든다
가장 그리운 이름을 운반한다

일요일에 어머니는 아무데도 안 가고

일요일 오전 어머니는
쇠절구를 끌안고
마늘을 찧는다
두개골을 찧는다

늙은 화장장이는
타고 남은 시체 더미 속에서
장물애비에게 팔아넘길
치금(齒金)을 긁어모은다

일요일 오전 어머니는
쇠절구를 붙들고
희고 깨끗한 마늘을 찧는다
희고 깨끗한 두개골을 찧는다

늙은 화장장이는
타고 남은 시체 더미 속에서
장물애비에게 팔아넘길
치금을 찾다 혀가 잘린다

어머니 두개골이 웃는다

한 아이가 사마귀 알을 가져왔다

아이는 금방 꺾은 나뭇가지 하나를 내게
주었다
흰 솜 같은 게 돌돌 감겨져 있는
부러진 나뭇가지 끝,
구름의 발냄새가 난다

그 순간 모든 이름을 잊는다
하나의 커다란 칠판 앞에
분필을 든 한 아이가
쫓기는 왕자처럼 서 있다

숫자와 씨름하는
아이가 서 있다

지도의 말뚝에
오줌을 갈기는 아이가 있다

아이의 눈망울에서
물고기가 뛰쳐나오고
빛이 술래잡기를 한다

아이는 멀리 달아나고
아이가 준 나뭇가지 끝,

모르는 빗방울의 주소가 적혀 있다

아궁이처럼 뜨거워진 두 볼을
하늘의 매에게 선물하면
아이는 다시 돌아올 수 있을까

봄이 세 번 딸꾹질하기 전
아이들은 정말 사마귀 알에서
또르르 쏟아져나올까

발을 헛디딘 우주처럼……

봄의 기억

우연히 어느 식당의 뒤꼍에서
남자 혼자 벌겋고 희끄무레한 돼지 내장을
소금과 밀가루로 빨래처럼 벅벅 치대고 있는 걸
본 적이 있다
그가 쭈그려앉아서 하는 그 무심의 자세를
한낮의 정사처럼 나에게 들킨 남자는
그러나 아무 일 없다는 듯 나를 한 번
힐끗 뒤돌아보았을 뿐이었다
내가 그 순간 한 그루 꽃나무였다면
우르르 단박에 시들어버렸을 것이다
내가 단벌의 그림자였다면 펄펄 끓는
솥 안으로 와라락 뛰어들었을 것이다
하지만 나는 꽃도 그림자도 아닌
무일푼의 사내, 남자의 등을 큰 돌로 눌러놓고
그곳을 무사히 빠져나왔다
그리고 몇십 년이 지나 가까스로 맞이한 봄,
정육점 앞 모르는 남자가 핏물이 든 통을
하수구 위에 쿨럭쿨럭 엎지르며
날 빤히 쳐다본다

쇠박새

그것은
잠수함처럼 조용히 내게 왔다
이른 겨울 아침 무슨 구조 신호처럼
간신히 울음을 끄집어내더니
먼 하늘을 향해 힘껏 쏘아올렸다
하지만 번번이 멀리 나아가지는
못하고 흐린 공기 방울 몇 개만
피시식 겨우 터뜨릴 뿐이었다
구하러 오는 이 아무도 없었다
잎 떨군 이 작은 나무 위에서
그것은 붉은 눈의 토끼처럼
죄 없이 폭발할 순간만을
조용히 기다리고 있었다

토끼 사전

밥

나무꾼은 선녀가 아기 셋 낳을 때까지 기다렸어야 한다 그럼 타오르는 붉은 볏 수탉만은 되지 않았을 텐데 아, 지붕이 저렇게 높은 줄 몰라도 되었을 텐데

누룽지

네가 술래가 되면 나는 꽃이 될 거야 세상에서 가장 작은 돌 속으로 숨을 테야 그래놓고는 으드득으드득 노란빛을 막 깨물어먹을 테야 그럴 테야

죽

얼마나 많은 밤을 물수제비의 흰 뱃살로 당신 주름을 두드리고 가야 나는 비로소 저 슬픔도 모르는 짐승의 맑은 허기에 도달할 수 있을까요

생일

엄마,
너무 큰 세숫대야는
얼굴을 달아나게 해요

내 생일날 아침엔
내 얼굴에 알맞은
세숫대야를 주세요
(떡과 미역국 대신
먼 나라에서 온)

키 큰 숲과 잘 익은 달을
검은 사슴을 부어주세요

손바닥을 키우는 파랑새

파랑새가 그리울 때마다
내 손바닥은 자란다

오랫동안 진흙 속에서 잠자던
옹관이 어느 여름날
몹시 퍼붓는 빗물에 씻겨
저수지 위로 둥둥 떠다니는
걸

난, 본 적이
있다

그 작은 옹관 속에는
어린 파랑새 한 마리
웅크리고 있었지
(울고 있었는지는 모르지만)

보았다
아직 피지 않은
새파란 하늘을

콩꽃처럼
콩꽃처럼

수줍은
너의 생식기를

그때 내 손바닥은
처음 자라기 시작했다

이제 손바닥을 펴면
냇물이 솟아 흐르고
발가벗고 멱감는
한 마리 아이가 있다

아이의 무릎뼈 속에서
파랑새 왕이 붕 날아오른다

푸른 기적

소나기를 피해 미루나무 밑으로 달려갔다

샤갈이 푸른 수탉과 함께

먼저 와 있었다

인사를 하자

주머니에서 당나귀 눈망울을 꺼내

내 젖은 이마를 닦아주었다

하지만 비는 더욱 세차게 내렸고

근처 고무장갑 공장에선

늙은 아비가 졸고 있었다

그때 소의 얼굴로 변한 샤갈이

갑자기 청어를 사라고 외치기 시작했다

그러자 거짓말같이 소나기가 뚝 그치고

미루나무는 다시 생각의 먼 구름을 펴날랐다

태백 서커스단 소녀

갑자기 내린 폭우로 축제는 막을 내렸다
비에 너무도 치명적인 반딧불이들이
작은 반딧불 하나 켜지 못해
무주 반딧불이 축제를 망쳐놓은 것이다
여기저기 임시로 설치한 천막들이
비와 바람에 쓰러지고
대목을 기다려온 상점들은 울상이다
모처럼 축제를 즐기러 온 사람들은
길을 잃고 밥알처럼 둥둥 떠다닌다
분홍 솜과자가 마술을 부리듯
눈 깜짝할 사이에 사라져버린다
그들 눈에는 하늘 높이 뜬
애드벌룬이 보이지 않는다
반딧불이도 저 풍선만하다면
이까짓 비쯤은 아무것도 아니라고
떠돌이 주정뱅이가 다리를 건넌다
일군의 시인들은 어두컴컴한
식당에 모여 앉아 시낭송을 한다
비장한 얼굴로 첫사랑을 회고하듯
그리고 아무 잔에나 소주를 친다
매운탕은 식고 점점 더 비는 거세진다
시낭송에 초청한 반딧불이는
결국 손님으로 참석지 못했다

천변 옆 커다란 천막 앞에 나와
태백 서커스단 소녀가 혼자 울고 있었다
가녀린 어깨가 젖은 나뭇잎보다
더 가늘게 떨리고 있었다
끝내 오지 않는 반딧불이는
오직 그 소녀만의 것인지도 모른다

감자 심는 여자

허공에 쭈그렁 배
두 척, 흔들흔들
밭고랑을 갉아먹듯
앞으로 조금씩 나아간다

여자는 구운 돌처럼
까맸고, 펄펄 끓는 슬픔을
꿀꺽, 또 꿀꺽 삼킨다

자꾸 들썩이며 무언가를
쏟아낼 듯 닫힌 뚜껑의 꼭지,
젖을 빨던 새끼들은
저 말라비틀어진 샘을 제 몸
어느 모퉁이에 숨겼을까

밭가의 찔레나무는
가시 돋친 입으로
허옇게 입덧을 하고
아닌 척 얼른 입을 닦는다

이것은 아주 오래된
크나큰 침묵의 떡잎이야
호미의 가는 목이 먼저

땅에 절을 하고 나서야
풋풋하게 열리는 붉은 속살,

흰 돛배가 지나갈 때마다
굵은 땀방울이 후드득 듣는다
칼자국 선명한 씨감자가
밭의 사타구니에 쏙쏙 박힌다

더이상 젖물이 돌지 않는 여자,
신의 오래된 노트에 쉼 없이
무언가를 꾹, 꾹, 적어나간다

매미의 임종

매미가 바닥에 엎드려 있다
흔들어도 꼼짝 않는다
입은 꾹 다물고
다리는 모으고
주름진 배는 자신의
일생을 적은 노트처럼
빼곡한 슬픔이
가지런하다

상복도 입지 않고
아침부터 저녁까지
울음을 배달했으니
가여운 죽음들도
마을에서 들에서
웃음 지었으리

백로 지난
가을 아침
버드나무 밑엔
물이 다 빠진 작은 웅덩이 하나

반짝, 빛난다

우울의 방문

녹색 우유 주머니에

커다란 우편물이

입이 찢어지게

꽂혀 있다

기러기의 최후

네 이름을 물으면 너는 무딘 발톱으로
네 고향 먼 시베리아 하늘을 긁는다
너는 아직도 김치와 만두를 먹는
중앙아시아를 떠도는 고려인처럼
끄윽끄윽 속으로 울 때가 있다.
그러나 너는 식용 기러기, 머스코비
촘촘히 짠 철그물 우리 안에 갇혀
게으른 주인이 주는 사료를 받아먹고
이건 왜 이렇게 짜고 싱겁지
이 값싼 사료는 개돼지도 안 먹겠다
이 따위 사료를 매일 처먹으라고
내게도 무공해 자연산을 주란 말야
식탁과 포크와 나이프를 달란 말야
기러기는 금방 자신이 생각한 말이
얼마나 가소로운지를 곧 깨닫고 우리
밖의 감나무 그늘을 멍하니 바라본다
자작나무숲과 얼음 호수가 보인다
기러기는 잊으려는 듯 두 눈 질끈 감고
바닥에 뒹굴고 있는 먹이통과 물그릇,
반은 엎질러진 흙탕물을 호로록 마신다
날개를 펴 물을 끼얹어보고 싶은데
도무지 먼 옛일처럼 낯설기만 하다
대체 이게 뭐지? 기러기는 날개, 라고

말하려다 머리를 자루처럼 세게 흔든다
끅끅, 울음도 아닌 게 목에 걸린다
기러기는 이제 옛 족장의 무덤에서 발굴한
동경(銅鏡)처럼 제 물갈퀴를 가만히 들여다본다
아, 거기 신기루처럼 브이 자를 그리며
북쪽으로 날아가는 기러기 편대가 보인다
그때 갑자기 기러기가 미친 듯 날개를
파닥이더니 순간 높다란 우리를 넘어
거짓말같이 마당 위로 무섭게 솟구쳐올랐다
하지만 채 두 발이 다시 지상에 닿기도 전
개의 날카로운 이빨이 먼저 기러기 목에 박혔다
잠시 기러기 눈에서 무언가 반짝 빛났다
제 몸안에 오래 가두어놓았던 눈(雪)이
마침내 서서히 녹아내리기 시작한 것이다

생채

이렇게 작은 장작개비를
넌 본 적 있니?
이 맵고 달고 또
시원한 불꽃을 너는
아삭아삭 씹어본
적 있니?

어머니는 부엌에 쪼그리고 앉아
도끼 대신 식칼을 들고
눈처럼 흰 무를
또닥또닥 패고,

찬장 밑 귀를 모으던
겁 많은 귀뚜라미는
또 그걸 흉내내어
귀뚝귀뚝 제 눈앞의 어둠을 팬다

손등 위로 기어오르는
발갛고 아린 불빛들을
어머니는 자꾸 훔쳐내리고

그만 나도
세상에서 가장 작은 불꽃,

장작개비가 되고 싶어진다

누구에게나 제 몸안에
자신이 아니면 팰 수 없는
젖은 장작개비가 있다

달빛 한 줄

*

어떤 저녁은 겸재의 그림처럼 한 산이 한 산을 껴안고 간다

*

두루미 엉덩이를 치대고 가는 바람의 붉은 뺨

*

책 속에도 피가 흐른다는 걸 모기는 어떻게 알았을까

*

소화되지 않은 고통이 방귀가 된다

*

방귀가 산책하는 시간을 조심하라

*

도라지차 속에서 눈뜨는 오백 나한

*

별의 실족이 달빛 오줌 방울을 감금했다

*

귀뚜라미는 왜 매일 똑같은 문자 메시지를 보내나

*

소리를 맨 처음 발명한 자는 귀가 없는 자이리라

*

황금 보기를 돌같이 하라, 돌부터 마신다

*

모든 씨앗 속에는 신의 나침반이 들어 있다

*

나무 물고기를 구워먹은 스님의 입술 두 장

*

당나귀를 스승이라고 말하는 미친 당나귀당(黨)

*

오늘 아침 제일 먼저 한 일은 눈의 마개를 연 일

*

꽃이 피기 시작하면 뿌리는 배(船) 댈 궁리부터 한다

새

—파블로 카살스의 〈새들의 노래〉를 듣고

하늘의 가장
깊고 깊은 연못에
떠 있는 빈손 하나

어떤,
추운 나라에선
그걸 새라고 부른다지

3부
당신과 나 사이 너무 섭섭해

목련

자넨, 누굴 그렇게 기다리고
있나
누구에게 한 방 먹이려고, 허나
눈뭉치를 감추려면
몸 뒤에 감춰야지

오호, 근데 이제 보니
자넨 뒤가 없군
툭 트였군

고라니

고라니가 산밑 작은 도랑에 누워 있다

바로 앞에는 견인차 보관소 철 울타리가 있고

그 안엔 시들어가는 차들이 짐승처럼 울부짖고 있다

견인차 보관소 옆을 오늘도 지나가고 있다

고라니는 풀섶 마른 도랑에 누워 있다

한 남자가 가방 속에서 죽은 아이를 찾고 있다

하지만 아이는 이미 고라니 발굽 속으로 사라진 뒤다

점점 더 독한 밤이 밀려왔으나 하이얀 송곳니가 초승달처럼 빛났다

무섭도록 커다란 눈망울이 그걸 바라보고 있다

고라니가 아직 구름 조각처럼 거기 누워 있다

살구 한 알

이건
누구를 위한 멜로드라마도
자연 다큐도 아니다

뻐꾸기는
제가 먼 숲으로
저를 유배 보내고
울음만을 소인 없이
보내온다

뻐를 보내고
뻐가 눈감기 직전
얼른 꾹을 보낸다

당신과 나 사이
너무 섭섭해
다리 하나 놓아주려고

뻐와 꾹 사이
세상에서 가장 간절한
몸서리 하나 지나간다

눈을 질끈 감은

풋살구 한 알
별똥처럼 공중을 가른다

피눈물도 없이
7월의 풀밭에 툭,
온몸을 던져 자진(自盡)한다

장례식장

부의(賻儀), 라고 쓰인 흰 봉투 뒷면에
아직 산 자의 이름을 쓰고
그걸 윗주머니에 넣는다
〈조문〉을 하기 위해
아직 산 자는
이미 죽은 자와
아직 산 자를 위해
아직 산 자를 더 많이
위해
재빨리 검은 옷으로
갈아입는다
살아생전 한 번도
본 적이 없는
죽은 자의 사진 앞에
〈느림〉으로 엎드린다
한번 더 반복한다
그러고 나서
제법 애통한 낯으로
아직 산 자가
아직 산 자를 향해
또 한 차례
〈되돌림〉으로 엎드린다
그러고 나서

흰 꽃을 꺼내듯
흰 봉투를 꺼내
아직 산 자는
아직 산 자 앞에서
아직 산 자의 이름이 적힌
그것을 밀봉된 상자의
좁은 구멍에
애써 밀어넣는다
아직 산 자들이
등뒤에서 자꾸 밀쳐도
아직 남아 있는
자신의 영광된 삶에
당당히 한 표를 행사하듯,
아무 동요 없이 그는
아직 상자 앞에 서 있다

돌이 돌과 붙어먹고

돌이 돌과 붙어먹고
돌이 장례식장을 낳고

구름이 구름과 붙어먹고
구름이 쇼핑몰을 낳고

바람이 바람과 붙어먹고
바람이 무인모텔을 낳고

물이 물과 붙어먹고
물이 스마트폰을 낳고

원조가 원조와 붙어먹고
원조가 돼지머리를 낳고

벌건 대낮에 울려퍼지는
오, 끔찍한 우주 대교향곡!

현대시

감정은 표절할 수 없다
쌍무지개의 고통이
기형아를 낳았다

낮술

참깨가 참기름을 벗는다
웃음이 입술을 벗는다

절대가 절대를 벗는다
처녀가 처녀를 벗는다

아직이 아직을 벗는다
골목이 음낭(陰囊)을 벗는다

모집이 현상금을 벗는다
마트가 슈퍼를 벗는다

바둑알이 흰옷을 벗는다
흰 바둑이가 된다

바둑알이 검은 옷을 벗는다
검은 바둑이가 된다

쥐똥이 쥐똥을 벗는다
방앗간이 방아를 벗는다

수세미가 그릇을 벗는다
간판이 글자를 벗는다

태양에 빨대를 쿡, 꽂아
아버지를 흡, 빨아버린다

엄마가 친엄마가 아니란 걸
알고 전세 비행기를 탄다

비행기가 구름을 벗는다
구름이 더 빨리 벗는다

밤의 시창작 교실

이 작은 도시의 가장 높은 빌딩
수요일 저녁 7시, 14층
새들의 배고픈 둥지여라
밤의 목마른 샘물이어라
창밖 너무도 희화적인 불빛들
불빛들도 性을 바꾸고 싶을 때
제 손목을 한 금 두 금 긋는다
우리는 영혼의 블라인드를 내리고
맨발인 채 詩의 사원으로
머리도 깎지 않고 출가를 한다
당신은 어디가 아픈 사람
어디가 피곤한 사람
무연고 묘지를 파내어
그의 두개골에 빛의 샤워를
해주고 싶은 사람
당신은 복요리사가 되어
복에게 복을 가져다
주고 싶은 사람
당신은 무슨 교사
아이들의 성적 발육을
책임지는 사람
당신은 밤마다 지구의
불안한 중력을 끌어안고

자신의 정력을 걱정하는 사람
당신은 무슨 공무원
이 무슨 개뼈다귀 같은 소리야
고요한 교실을 뿌웅—
방귀 몇 송이로 소독한다
당신은 또 밭 가는 농부
청개구리의 고독한 체온을
팔뚝으로 재는 사람
당신은 너무 일찍 정년퇴직
집에서 집으로 건너뛰며
길을 줍는 사람 아직은
이마에 노을이 버거운 사람
당신은 신발집 여주인
저 먼 데서 직행버스로 오고
늦은 밤 막차로 다시 돌아가는
당신의 신발 밑창에 우리 모두도
떼거지로 꾸역꾸역 졸고 싶다
매주 수요일 저녁, 시창작 교실
그 검은 부리들, 저리 반짝 빛나고

아스팔트에 망치질하는 메뚜기

오늘날 사냥술의 발달이
나의 시력을 망쳐놨다

휘리리릭 날아올라
검은 벽을 힘껏 내리친다

구름 만년필

매일 밤 머리맡에 와서 울어주던 한 마리 귀뚜라미가 있었다. 그런데 어느 날부터 귀뚜라미가 오지 않았다. 나는 이 귀뚜라미가 변심을 한 거라고 생각했다. 그런 어느 날 밤 나는 베개 밑에 눌려 죽은 채 말라버린 귀뚜라미의 푸른 혼을 발견했다.

세상의 저녁이 오면
붉은 구름의 서랍을 열고
오래전 죽은 만년필을 꺼낸다
만년필의 심장을 기저귀처럼
새 진흙 심장으로 갈아준다
칡꽃 향기가 쿵쾅쿵쾅 퍼진다
위로 위로 수리당수나무*가 자란다
나무 위에서 아이와 검은 염소가
달과 해 별을 섞은 이상한
공깃돌 놀이를 하고 있다
나무는 스무 길이 넘는 높이,
나무는 열 아름도 더 되는 둘레,
수리당수나무는 점점 더 높이 자라고
아이와 염소는 무서워 노래를 부른다

메뚝아 메뚝아 장가가거라
쯧쯧 쯧쯧 쯧쯧쯧
바지가 없어 못 가네

쯧쯧 쯧쯧 쯧쯧쯧
형 바지 입고 가거라
쯧쯧 쯧쯧 쯧쯧쯧
불알이 없어 못 가네
쯧쯧 쯧쯧 쯧쯧쯧**

메뚜아 메뚜아 시집가거라
쯧쯧 쯧쯧 쯧쯧쯧
치마가 없어 못 가네
쯧쯧 쯧쯧 쯧쯧쯧
언니 치마 입고 가거라
쯧쯧 쯧쯧 쯧쯧쯧
언니가 없어 못 가네
쯧쯧 쯧쯧 쯧쯧쯧

주막집 꼽추 누이가 걸어온다
어깨를 삐죽빼죽 흔들며 온다
뒤에 땅오징어와 고무줄도 따라온다
아이가 공깃돌을 던지고
누이야, 무서워 죽겠다
무서우면 노래를 불러라
그래도 무서우면 노래를 짓고,
염소가 금방 검은 개로 변한다

검은 개가 다시 시커먼 굴뚝이 되어
연기를 퐁, 퐁, 퐁, 피워올리고 있다
그때쯤 꼽추 누이가 등 속에 갇혀 울던
장님 귀뚜라미 한 마리를 꺼낸다
너에게 보낸 마지막 붉은 구름의 편지
꺼내도 꺼내도 울음은 다시 새어나온다

* 전설의 나무.
** 전래동요. 이어지는 연은 가사를 조금 바꾸었다.

잣과 돌

박달나무야
팥배나무야
층층나무야
호랑버들아
내 손에 쥔
두 개의 선(善)을
보아라
보아다오

왼손에는
잣 한 송이
오른손에는
돌 한 개
이 둘을
집으로 데려가
무얼 할지
너희들은 알겠니?
알겠니?

서로 말없이
뜨거워지는
두 개의 눈빛,
이것이야말로

겨울 골짜기가
오늘 나에게 준
뜻밖의 선물,

이 귀한 마음의
반짝거림을

졸참나무야
개옻나무야
서어나무야
들메나무야
너희들은 보았니?
정말 보았니?

11월은 모두가 혼자 있기 좋은 달

방아깨비의 높이가 점점 사라지는
오후 그리고 풀밭
내겐 도무지
서러워할 까닭이 없다
찬찬히 눕는 엷은 빛을
목이 긴 국자로 떠서
다시 태양에게 돌려보낸다
커다란 눈이 하늘에서 내려와
오도카니 앉아 있다
거미의 야심에
씹하듯 동참한다
저놈의 생각에
구멍을 내야지
흔들어버려야지
거미가 으앙으앙
발을 뻗고 울게 해야지
생각은 생각으로
쨍을 갈 뿐
달아나는 풍경 한 줄
끌어오지 못한다
기껏해야
아이가 폴짝거리며 잡았다 놓아준
시간의 노란 부리 하나

무릎 위에 놓고
유심히 닦는다
안경이 안경을 닦듯
뒤집은 돌을
다시 뒤집어놓듯
새벽녘 새끼 고양이처럼
나를 나 몰래 다녀간다
금방 있던 거미가 없다

새와 꽃

꽃 핀 은목서 아래
작은 까치 한 마리,
보이지는 않았지만
피 흘리고 있었네
않았지만 오래도록
혼자 앓고 있었네

종이 상자에 담아
집으로 데려왔네
보이지는 않았지만
벽도 함께 따라왔네
않았지만 꽃도 몇 송이
다리 건너 따라왔네

보이지는 않았지만
벽 앞에 새가 앉고
벽 뒤에 꽃이 앉았네
않았지만 새는 꽃을
꽃은 새가 그리웠네
벽은 끝내 침묵했네

밤이 오고 밤이 가도
까치는 일어나지 않네

보이지는 않았지만
날아가고 있었네
않았지만 꽃도 몇 송이
뒤따라 훨훨 날아갔네

벽은 결국 혼자 남았네

여치 겨드랑이에 관한 연구

여보? 여보세요
불 좀 켜고 말하세요
글쎄, 어떤 나라에서는 요즘
여치 겨드랑이에 관한 연구가
한창이라지 뭐야
후훗, 여보
당신, 미쳤어요?
그게 말이에요
막걸리예요
아직 꽃을 피워
본 적 없는 선인장,
우리 동네 새로
증축한 사우나 간판,
누군가 발길에 차여
슬픔 없이 날아가는 돌멩이
의, 의, 의, 의, 의,
겨드랑이도 아닌
고작 여치 겨드랑이를
연구한다는 게
당신 제정신 맞아요?
차라리 구르는 공의
하, 얀, 잇, 몸, 을,
그나저나 여보?

불 좀 켜고 말하세요
글쎄, 여치 겨드랑이에서
눈을 내리게 할 수도
있다는군
아니 어떤 여치 겨드랑이에선
유성우가 내린다나
그 겨드랑이 기슭
천막 치고 살던 최초의
인류도 발굴했다지 아마
그게 여보?
어디에 난 건 아니죠!

현덕*의 동화

노마 사다리를 타고
영이 사다리를 타고
기동이 사다리를 타고
똘똘이 사다리를 타고
우리 내려갈까?
그곳은 어디?

옥토끼가 있는 마을이다
귀뚜라미가 사람의 말을 하는 마을이다
고양이와 쥐가 함께 노는 마을이다
기름집이 있는 마을이다
싸전가게 뚱뚱보 영감이 있는 마을이다
새끼 전차를 타고 서울 가는 마을이다
그렇지만 진짜 전차가 있는 마을과는 아주 멀리 떨어진 작은 마을이다
커다란 돼지 세 마리를 따라가다 길을 잃고 우는 마을이다
토끼가 늑대를 무서워하지 않는 마을이다
국숫집 문짝이 나귀등처럼 따뜻한 마을이다
남의 집 비단옷을 밤늦도록 짓는 엄마와
다래같이 눈이 커다란 아이 단둘이 사는 마을이다
조그만 것을 좋아하는 땜가게 할아범이 사는 마을이다
그 땜가게 할아범에게 가서 우리 배고픈 눈물부터 때우자

그러나 우리는 갈 수 없단다
노마가 너무 늙어서,
영이가 너무 늙어서,
기동이가 너무 늙어서,
똘똘이가 너무 늙어서,
그만 사다리 등도 굽었단다
그동안 높이 오르는 데만 열중해서
우리는 이제 그곳에 갈 수 없단다

그래도 그 마을에 꼭 갈 사람은
눈 내리는 오늘밤,
굴뚝 아래서 노마를 기다리자
우물 옆에서 영이를 기다리자
국숫집 앞에서 기동이를 기다리자
전봇대 뒤에서 똘똘이를 기다리자

푸른, 눈 사다리가 하늘에서 내려오고 있다

* 현덕(玄德, 1909~?): 소설가. 동화작가.

세탁소

그가 의자에 앉아 졸고 있다
등에서 실 뭉치가 끊임없이
풀려나와 칭칭 그를 감고 있다
제 몸이 애벌레처럼 묶이는 줄도
모르고 침을 흘리며 자는 꼽추,
가 순간 입을 쩌억 벌린다
어두운 방 저쪽 불이 켜진다
밤색 풍뎅이 한 마리 앉아 있다
거기 눈썹이 다 지워진 자와
뿌연 안개꽃을 피우던 분무기
그리고 먼지처럼 가득 쌓인 옷감들
죽은 꽁치같이 입 다문 가위며
이제 달리지도 못하는 다리미대
위의 작고 녹슨 기차가 있다
그 어두운 전등 아래 풍뎅이가
은빛 알을 깐다 알들이 천장에
비닐커버를 쓰고 주렁주렁 매달린다
그때 벽 저쪽 나무 쪽문이 열리고
여보, 밥 식어요, 어서 와요
까만 얼굴의 낡고 해진 골무 같은
그녀가 한쪽 다리를 끌고 서 있다
창밖 눈보라는 벌떼처럼 잉잉거리고
생의 사제인 양 흐린 불빛 아래

그가 혼자 꼬옵꼬옵 울고 있다

남천에서 화살나무까지

붉은빛이 붉은빛을 잡아끈다
가을이 귀뚜라미의 무릎에
텐트를 치고 한 녀석의
갓 출생한 무덤같이
잠들고 싶을 때여,
뒤란의 목련 잎이
허공의 목덜미를 크게 쓰다듬으며
떨어지고
멀찌감치 곯아떨어지고
남천의 붉은빛이 화살나무의
붉은빛으로 점점이 옮아가는 때,
혹은 그 반대일 때
너는 기적처럼 자연사한다

4부

꽃을 흔들어주고 싶었지만

스무 살 라일락

라일락, 구름의 주소가 많은 스무 살
저 나무는 어디를 건너왔나
땀방울이 몽글몽글 피어났네
향기가 수치가 되는 날들 지나왔네
지치지도 않은 절망,
옥상으로 올라가는 계단처럼
햇볕의 상처를 보여주는
모서리 딛고 네가 걸어오네
내 앞에서 한번 웃어주지 않겠니?
내가 열 수 없었던 눈물의 섬들
봄비가 대지의 틈을 꿰매듯
라일락, 너무 많은 모음과 자음
나는 어떻게 저 위를 지나가나
설움을 풀어내는 맷돌을 베고 누워
어젯밤, 두더지를 삶아먹었다는
여자의 고백이 참 희망적이네
그런 말을 중얼거리듯 피어 있는
라일락, 다시 돌아오지 않는 스무 살

배꼽

내 배꼽엔
어머니의 얼굴이 있다

옛날에 내 몸에도
우물이 있었다는 말

팔복동

아내는 욱욱, 하고
어머니는 대봉 홍시를 내왔다
야, 저그 꽃나무가 세 번이나
꽃을 피웠다
뭐가요, 어머니?
야는 지가 갖다줬으면서도
그걸 모르냐?
그거 말고 저거!
나는 누군가의 시집을 들추고
아내는 보일러를 켜고 눕고
어머니는 염색약 사러 나가고
토요일 오후, 테레비는 혼자 졸다 말다

도시의 암소 카퍼레이드

암소는 옛적
어느 처녀가 빨래하다
숲속에 몰래 누었다는
커다란 똥덩어리
개 두 마리가 양쪽에서
먹어도 다 못 먹었다는
커다란 똥덩어리*
그 똥덩어리가 삭아서
젖이 커다란 암소가 되었다는
바로 그런 이야기

트럭을 타고 도심을 통과하는
암소 머리에 금관 대신
펄럭이는 푸른 포장을 덮었네
번쩍이는 지팡이도 없네
바닥에 닿는 드레스도 없네
암소는 외양간 냄새를 껴입고
말라붙은 똥, 장식처럼 달았네
엉거주춤 선 채 줄에 묶여 있네

암소는 길가에 나온 사람들에게
꽃을 흔들어주고 싶었지만
모두 고개 돌리고 코를 감싸네

납작한 검은 돌을 귀에 대고
미친 듯 무어라 지껄이고 있네
눈 한번 흘깃, 눈살을 찌푸리네
엄마 손에 이끌려 가는 아이만
물로 빚은 흰 웃음 찰찰 흘려주네

아, 그러다 사람들 눈 둥그렇게 뜨고
저기 저, 저것 좀 봐, 저게 뭐야
암소의 가랑이 사이로 슬쩍 비친
커다란 젖에 그만 눈길이 딱 멈추네
이 도시의 사람들 다 먹이고도 남을 만큼
빵빵한 젖이 가득 고여 터질 것 같네
마치 둥근 왕릉이 거꾸로 매달린 듯
암소는 힘에 겨워 비칠 쓰러질 것 같네

그때 어디선가 골목, 골목에서 터져나온
어린 불빛들이 내지르는 함성 소리
암소는 그것들에게 젖꼭지를 물려주었네
다롱다롱 매달려 가는 도시의 어둔 불빛들
그제야 암소는 움메, 하고 울 수 있었네
하지만 누구도 그 울음 듣지 못했네

어느 처녀가 빨래하다
숲속에 몰래 누었다는
커다란 똥덩어리
개 두 마리가 양쪽에서
먹어도 다 못 먹었다는
커다란 똥덩어리
그 똥덩어리가 삭아서
젖이 커다란 암소가 되었다는
믿기지 않는 슬픈 이야기

* 『삼국유사』 지철로왕 편에 전하는 이야기로 모량부 상공(相公)의 딸이 빨래하다가 숲속에 똥을 누었는데, 그 크기가 개 두 마리가 싸울 정도로 매우 컸다고 한다.

거미 수선집

어릴 적 종기 난 엉덩이

돌팔이 침쟁이에게

잘못 맞은 침,

절뚝발이 된 여자,

햇볕에 까맣게 그을려

소금돌이 된 여자,

차부 삼거리

보인당약국 끼고 돌면

삼일당제분소 맞은편

회양목과 낮은 소나무 사이

부—욱 뜯긴 하늘을

그녀의 일곱 개 발로

절금절금 은실 꿰어 깁는

막 소나기 내리기 삼 초 전,

성묘

죽음에 가까운 자들만이
언제나 심각하다

멧돼지가 무덤을 파헤칠까봐
둘레에 술도 못 뿌리고
하늘이 까맣게 슬어놓은
산초 열매 한 알 씹는다

희한하다
희한하다
이 기분,

참, 죽음이 삶을
맛보는 것 같다

산을 내려오면 또다른 길
각자 제 슬픔을 챙겨
뿔뿔이 떠났다

집에 혼자 돌아와
선풍기 대가리를 풍뎅이처럼
꺾고 그 밑에 웃통 벗고 눕는다

아직도 한낮엔 여름 날씨
손사래를 쳐도 끈덕지게
요염한 몽마(夢魔)가 덮쳐온다

통안*

꿩이 흰 목도리를 벗어 국수나무 허리에 걸어두고 갔다

산죽(山竹)의 새파란 잎에서는 한 모금의 찻물 끓는 소리가 들렸다

놀란 고라니가 바위 속으로 뛰어들더니 문을 잠가버렸다

마을 끝집 늙은 토끼는 자정이 넘도록 홀로 천수경을 외었다

* 마치 통 안에 든 것같이 산으로 빙 둘러싸여 있어 붙여진 무주군 안성면의 마을 이름.

옛집의 어느 하루

늙은 때까우는 알을 낳고 잘 품지 못했다 치매가 왔나 자꾸 알을 잃어버리곤 했다 머리가 숭숭 빠진 할미는 담뱃불이 제 날갯죽지에 떨어져도 자리를 뜨지 못했다 눈먼 개복숭아만 하릴없이 온씨 할아버지 마당 쪽으로 건너가려고 뿔난 장닭처럼 기를 쓰고 있었다 개복숭아 나무는 그렇게,

제 스스로 손목을 비틀었으나 헛간 스레트 지붕에 막혀 다시 수챗구멍이 있는 아래쪽으로 방향을 트는 중이었다 이때를 놓치지 않고 푸른 열매들이 공중에서 이사를 왔다 풋시간의 비린내가 천둥 번개를 여러 날 끼치었다 마침내 수줍은 빛들이 벌레 먹은 이파리 근처부터 번지기 시작했다

그리고 며칠 뒤 무섭게 비가 내렸다 무덤 속에서 나온 온씨 할아버지 막내아들이 집을 찾아왔다 대문 앞에 한 마리 두꺼비, 오래도록 서 있었다 금간 문짝도 마당의 봉숭아도 오리도 말캉도 장독대도 귀먹은 어미도 알아보지 못했다

드디어는 기형적으로 굽은 손목뼈가 그대로 굳은 뒤에야 철없는 개복숭아 나무는 계절의 어깨 위에 얹어둔 마지막 열매를 제 발등에 내려놓았다 그뒤 두꺼비는 다시 오지 않았다 그걸 사랑이라고 말하려다 늙은 때까우는 혀가 잘리고 두 손이 묶인 채 어느 모르는 집으로 영영 팔려갔다

옛날 문둥이 처녀가 살았다는 구성산 박달시암

눈이 쌓이면 산은 흰 소처럼 눕는다
천형을 앓는 자만이 이 산에 오를 수 있다는
말을 누군가에게 환청처럼 들었다
까마귀 수사(修士)가 그랬는지 붉은 구름의 선사(禪師)가
그랬는지 아니면 마을 어귀에 사는 미친 여자에게
들었는지 귀에는 벌써 금랍의 딱지가
들어앉아 있다, 눈 속에 파묻힌 길의
오랜 뼈를 짚으며 홀로 산에 오른다
어떤 사람들은 신발을 거꾸로 신고
인왕(仁王)을, 히말라야를 찾기도 한다 그들은
빙벽 속에 제 마지막 호흡 한 점
걸어두고 영원의 베개에 누운 사람들,
문득 죽통(竹桶) 속 푸른 고요 한 점 끌고
마른 풀섶 위로 솟구쳐 날아오르는
장끼 한 마리, 아스라이 높다
학선암(鶴仙庵) 다람쥐꼬리에 감겨 있던
독경 소리도 한 줄 두 줄 풀려
마음의 넝쿨처럼 하늘로 기어오른다
산이 직벽(直壁)에 가까울수록 벼랑에 머리를
바짝 붙인다 턱끝이 천근의 추(錘)다 다시
사자처럼 갈기를 세우고 나아간다
마침내 산꼭대기 아래 오솔길을 돌돌
감고 먼저 와 기다리고 있는 여자,

문둥이 처녀, 혼자 움막을 짓고 밤마다
시암의 물을 길어 몸을 씻던 여자, 차라리
늑대나 물어가지, 으으으 흐느끼는 에미의
목소리가 아직 들린다 늑대도 버린 여자,
키가 호리호리하고 박꽃같이 예뻤다는
여자, 물이 물을 먹고 물이 물을 뱉어
새로 태어난 여자, 다시 세상의 어미가 된
여자, 나는 바위 사이 자궁을 열고
물을 마신다 쩌르르 심장이 갈라진다
나는 꿈 없이 불우를 불후로 사는 자,
눈 속의 붉은 찔레 열매로 눈을 가리고
이제 진흙과 밥덩이와 눈물이 있는 저자로
돌아간다, 다시 벼랑의 산이 발밑에서 솟는다
왕벚나무 여자가 어깨 위에 쌓인 눈을 툭툭
털어준다 생의 꼭대기가 눈발처럼 펄펄 날린다
흰 소가 끄응 무릎 펴는 소리 꿈결처럼 들리고

눈이 오는 날엔 이렇게 하도록 하자

내가 싫어하는 짐승 한 마리와 네가 좋아하는 짐승 한 마리를 데리고 외진 마을에서도 더 외진 숲으로 가자

그러면 네가 좋아하는 짐승 한 마리는 눈을 흘기고 내가 싫어하는 짐승 한 마리는 부르르 머리를 떨며 울겠지

그러면 또 눈은 내려서 하얗게 하얗게 왔던 길을 뭉개고 혹시나 길이 눈의 무게에 눌려 숨도 못 쉬면 어쩌나

그래, 이제 서로에게 가여운 짐승은 눈 위에 바짝 귀를 대거나 비명을 지르며 눈밭을 펄쩍펄쩍 뛰겠지

길이 죽으면 외진 숲도 더이상 외진 숲이 아니니까 그렇다고 당장 길을 살려내라고 눈의 멱살을 잡고 흔들 수도 없으니

그러면 눈이 오는 날엔 이렇게 하도록 하자 내가 싫어하는 짐승 한 마리는 네가 좋아하는 짐승 한 마리의 전부가 되고

네가 좋아하는 짐승 한 마리는 내가 싫어하는 짐승 한 마리의 장갑이 되어 서로를 꼬옥 껴버리자꾸나

기형 눈사람

갑오징어 한 마리가 가맥집에서 뛰쳐나와
길바닥에 넙죽 엎드리듯 길게 쓰러진다
누구도 쓰러진 그를 일으켜주지 않는데
단풍나무가 졸업앨범과 책상을
가져온다, 튤립나무는
첫사랑의 달콤한 키스를 싣고 온다
눈이 내린다,
벌써 내리고 있었다
그때 갑자기 관 속의 미라처럼
길에서 번쩍, 갑오징어가
일어났다 그 바람에 왼쪽에 박혀 있던
눈알 한쪽이 쑥 빠졌다
그것은 희끄무레 빛나는 작은 돌,
남은 한쪽 눈이 그걸 들여다보더니
어두운 골목 끝으로 휙 던져버린다
그리고 갱엿처럼 얼어붙은
빙판길을 미끄러지듯
다시 걷기 시작한다
외눈에 입 코 없는 눈사람 하나가
고드름 같은 두 발로 덜, 덜, 덜
지금 설국의 긴 터널을 지나고 있다

겨울 물오리

저 공중의 벽을
드릴처럼 뚫고 지나가는 물오리 한 마리

이때는 우리도
몸속 가장 무거운 뼈를 내려놓고
일 분간 고요 묵념할 시간이니

자, 그럼
멀리서 온 자부터 모자를 벗읍시다!

『강냉이』* 그림책
—화가 김환영 선생님께

오늘 눈이 내린다고 쓰지 않고
강냉이가 내린다고 쓴다
정생아, 정생아
어릴 적 내 친한 동무처럼
가만히 속으로 불러보고
또 불러본다

그 이름, 한 알
동심(童心)이다

내 옆에 시방 눈이 있고
강냉이가 있고
정생이가 있고
모르는 내가 깜박깜박
있다

이 겨울밤
푸른 강냉이별 보자

* 권정생의 시에 김환영이 그림을 그렸다.

아버지가 깎은 건 밤이 아니야

밤을 치는 아버지 눈망울에선
쿰쿰한 놋쇠 냄새가 나고

(그래야 풍속은 대를 이어
충분히 아름다운 종족이지
충분히 아름답다는 건 또 뭘까?)

대답 없는 아버지 손이
흰 사발에 담긴 밤을 꺼내
작은 짐승의 눈꺼풀 같은
얇은 보늬를 샥샥샥 칠 때,

(나는 북쪽 나라 구름 족장이
돌로 구운 고기를 생각하지)

나는 며칠이고 며칠이고
눈이 내려 눈의 시민이 된
자작나무들의 쓸쓸한 일원이
되고 싶었다, 고 고백한 어느
시인의 말을 생각하지

아버지의 단단한 늙은 마음결이
밤의 흰 속살을 밀고 가는

작은 칼의 굳은 입매를,
그 빛나는 밤의 종교를
나는 또 얼마나 닮고 싶은
것일까

토끼탕 속에 들어앉은 사람들

정읍의 안부는 토끼탕 속에 있다 눈이 와야 탈북 탈남 하는 사람들 어디로 가지? 대나무가 유리창에 실뿌리를 내린다 벽걸이용 선풍기가 붉은 보자기를 쓰고 나는 꽃이야 네 얼굴을 기억하지 못하는 노래지 난로는 눈을 감고 제 자서전의 첫머리를 '불꽃'이라고 쓴다 난로의 동그랗고 길쭉한 귀가 바깥을 기웃거린다 눈이 쌓여서 자동차들의 바퀴가 벌판 쪽으로 미끄러진다 한번 빠지면 헤어나기 힘든 연애를 시험중인가 나무들은 이미 탈상(脫喪)을 끝내고 하늘에 자리를 잡았다 길 하나씩 머리에 이고 사람들은 탕 속으로 들어간다 올겨울도 춥겠어 이 사람 농담하는 거야 지금 우리는 겨울 한복판에 있다고 탕이 다글다글 끓고 토끼 뼛속에 차돌처럼 단단한 달이 하나씩 박혀 있다 달을 혀끝으로 먼저 감아올린 자가 봄꽃에 당선된다고 믿는 그런 바보가 세상에 또 있을까 말 못하는 아이가 흰토끼를 안고 등뒤에 서 있다

돌

돌의 팔은
얼마나 굵은가

바닥에
저를
내려놓기 위해

해설

둘이면서 하나, 하나이면서 둘

고봉준(문학평론가)

유강희 시집 『고백이 참 희망적이네』는 '돌'로 시작해서 '돌'로 끝난다. 시집의 처음과 끝에 「돌」이라는 동일한 제목의 시가 배치되어 있으니, 이 시집은 '돌'로 지은 한 채의 석조 건축물처럼 느껴진다. '시집'이라는 형식이 언어로 지은 집이라면, 이 집의 방문객이 가장 먼저, 그리고 가장 마지막에 마주치게 되는 것은 '돌'인 셈이다. 자연적 대상을 선호하는 유강희의 시에서 이는 특별한 사례가 아니다. 어떤 철학자에 따르면 나무들이 내뿜는 기호에 민감한 사람만이 목수가 되고, 질병의 기호에 민감한 사람만이 의사가 된다고 한다. 이는 인간의 모든 활동이 사물-대상에 대한 신체의 반응능력에 의해 결정된다는 주장이다. 이러한 사유에 빗대어 말하자면 대부분의 시에 돌, 꽃, 새, 구름 같은 자연이 등장하는 시인은 자연에 매혹된, 자연의 기호에 예민하게 반응하는 사람이 분명하다. 실제로 그의 시편들에서는 사물과 대상에 대해 무한한 호기심을 소유한 한 인물의 독특한 상상력과 예리한 시선을 목격하게 된다. 하지만 그는 자연에 대한 서정적 풍경화를 그리는 사람은 아니다. 대상-사물 자체를 투명하게 재현하는 풍경화가와 달리 시인은 다른 시선으로, 이전과 다른 각도에서 바라봄으로써 그것들을 새로운 존재로 제시한다. 하지만 한 시인의 시를 제대로 읽기 위해서는 시인이 선택한 대상-사물이 무엇인지 확인하는 것보다 그것을 표현하는 상상력의 문법이 어떻게 전개되는지 주목해야 한다. 가령 시인이 "저 공중의 벽을/ 드릴처럼 뚫고 지나가는 물오리 한 마리"(「겨울 물오리」)라고 진술할 때, 중요한 것은 '물오리' 자체가 아니라 그것의 비행 장면을 보면서 "공중의 벽을/ 드릴처럼 뚫고" 지나간다고 느끼는 경험의 구체성을 이해하는 일이다. 이 경험의 구체성을 외면하면 시는 소재의 집합으로 전락한다.

아직 던져지지 않은 돌

아직 부서지지 않은 돌

아직 정을 맞지 않은 돌

아직 푸른 이끼를 천사의 옷처럼 두르고 있는 돌

아직 말하여지지 않은 돌

아직 침묵을 수업중인 돌

아직 이슬을 어머니로 생각하는 돌

그리고 잠시 손에 쥐었다 내려놓은 돌

아직 조금 빛을 품고 있는 돌

—「돌」 전문

그렇다면 「돌」에서 주목해야 할 것은 무엇일까? 여기서의 '돌'은 '아직'이라는 부사의 반복을 통해 강조되고 있듯이 특정한 용도를 위해 가공되지 않은 '날것'의 상태로 제시되고 있다. '돌'은 누구도 던진 적이 없고, 던진 적이 없으므로 부서지지 않았으며, 푸른 이끼를 "천사의 옷"처럼 두른 채 '침묵'하고 있다. "이슬을 어머니로 생각"한다는 것은 '돌'이 여전히 자연의 일부임을 말해준다. 그런데 '돌'의 이런 원초적 상태는 시인/인간의 등장으로 위기를 맞는다. 다른 여덟 개의 진술과 달리 '그리고'로 시작되는 진술이 예외적인 형태로 발화되는 까닭은 그 순간이 바로 '돌'이 인간과 최초로 접촉하는 지점, '아직'이라는 자연적 상태가 더이상 유지될 수 없는, 어쩌면 인간의 세계로 이식(移植)될 수도 있는 상황임을 강조하기 위해서일 것이다. 하지만 다음 순간 시인은 우연히 발견한 작은 '돌'을 잠시 손에 쥐었다 내려놓는다. 손에 쥔다는 것은 전유 또는 소유한다는 의미이고, 반대로 내려놓는다는 것은 마음대로 전유 또는 소유하지 않겠다는 의미이다.

사람들은 종종 자유를 적극적인 행동으로 이해함으로써 그것을 가로막는 일체의 대상을 억압으로 받아들인다. 근대 이후 인류는 이 행위로서의 자유를 통해 첨단의 문명을 구축해왔으며, 그 과정에서 모든 자연적 대상은 인간의 행복과 인류의 발전을 위한 수단으로 간주되었다. 근대적인 의미에서 자유는 행동하는 것이었고, 행동한다는 것은 인간이 아닌 것들을 전유하는 것이었다. 하지만 우리의 일상이 증명하듯이 자유와 윤리는 때로 어떤 것을 하지 않음으로써 수행되기도 한다. '하지 않음'은 능력의 부재를 뜻하는 '하지 못함'과 다르다. 무언가를 할 수 있음에도 불구하고 하지 않는다는 것은 의지와 결단에 따른 윤리적 태도이다. 이런 점에서 '돌'에 대한 시인의 무위적(無爲的) 태도는 무관심과 구별되어야 한다. 이것의 의미는 우리가 길을 걷다가 우연히 발견한 '돌'에 대해 어떤 태도를 취해왔는가를, 근대 이후 인류가 '돌'이라는 자연을 어떻게 대해왔는가를 생각해보면 쉽게 드러난다. 이 시에서 내려놓음의 무위(無爲)는 '돌'을 전유나 소유의 대상으로 삼지 않겠다는 의미이고, 그것은 자연의 타자성을 훼손하는 폭력적 태도와 거리를 두겠다는 의미이며, 그리하여 '돌'을 인간적 삶을 위한 수단으로 삼지 않겠다는 태도의 표명이다. 이것은 시집 전체의 방향, 그러니까 자연적 대상에 대한 시인의 태도를 분명하게 드러내는 일종의 '선언'이다. 그렇다면 화자의 손을 떠난 '돌'이 품고 있는 '빛'의 정체는 자연의 고유한 성질, 즉 인간이 결코 박탈할 수 없는 타자성이라고 말할 수 있지 않을까.

1

도토리 한 알 옆에
또 도토리 한 알
언제부터 거기
있었을까

울지도 않고
웃지도 않고
커다란 바위 아래
서로 모르는

딱한 우주처럼

2

하나의 그림자가
하나의 그림자를
껴안고

서랍이 많은
공기와 놀다

가위와 자 대신

수신인 없는
편지를 쏟는다

3
연애 기술을 모르는
도토리라고는 하지만

중심으로부터
솟아오른

하나의 절대,
하나의 세계,
하나의 존재,

내면의 팬티를 벗듯
깍지를 벗어던진다

—「도토리 두 알을 위한 노래」 부분

첫 페이지에 등장하는 '돌'이 인간적인 영역의 바깥을 가리키는 '타자'의 형상이라면, 마지막 페이지에 등장하는 '돌'은 "바닥에/ 저를/ 내려놓기 위해"(「돌」)라는 진술에서 드러나듯이 낮은 곳을 지향하는 윤리의 형상일 것이다.

그것은 "높이 오르는 데만 열중"(「현덕의 동화」)하는 현대성의 대극(對極)을 향하고 있다. "푸른, 눈 사다리가 하늘에서 내려오고 있다"(「현덕의 동화」)라는 아름다운 표현처럼 유강희의 시에서 자연적인 것은 모두 대지, 곧 낮은 곳을 향하고 있다. 그런데 시인은 왜 '돌'을 시집의 처음과 끝에 반복해서 배치했을까? '돌'은 왜 두 개여야 했을까? 이 질문을 의식하고 시집을 읽어나가다보면 시집의 곳곳에서 '둘'로 구성된 형상이 자주 눈에 띈다. 우선 「도토리 두 알을 위한 노래」가 대표적이다. 여기에서 주의할 것은 시인이 관심을 기울이고 있는 것이 '도토리'가 아니라 '도토리 두 알'이라는 사실이다. '도토리'와 '도토리 두 알'은 어떻게, 얼마나 다른가? '도토리'가 일반 개념을 나타내는 보통명사에 해당한다면, '도토리 두 알'은 각 도토리의 개별성과 특이성(singularity)을 긍정하기 위해 고안된 표현이다. 여기에서 '두 알'은 복수(複數)를 뜻하는 것이 아니라 '하나'와 '하나'가 따로, 그러나 동등한 가치로 공존한다는 의미로 이해되어야 한다. '두 알'이라는 표현에는 각자의 무한한 주체성을 긍정하려는 인식 태도가 내포되어 있다.

조금 자세히 살펴보자. 먼저, 시인은 본문에서는 '두 알'이라고 말하는 대신 "도토리 한 알 옆에/ 또 도토리 한 알"이라고 쓴다. 제목에 사용한 '두 알'이라는 표현의 출발점이다. 현대철학이 경고하듯이 지성은 언어의 범주들에 자주 예속된다. 이는 객관적인 인식 같은 지성의 방식으로는 실제의 구체적 경험을 포착하기 어렵다는 것을 의미한다. 이 시에서 '두 알'이 도토리를 수량화하여 인식하는 지성의 범주에 해당한다면, "도토리 한 알 옆에/ 또 도토리 한 알"은 사물-대상을 계량화함으로써 차이를 없애버리는 지성의 폭력에 반(反)하여 각 존재의 개별성과 특이성을 긍정하려는 구체적인 경험의 범주에 해당한다. 시인이 시에서 '두 알'이라는 표현을 쓰지 않는 이유는 '두 알'이라는 복수적 표현이 개별성을 부정하는 보통명사로 이해될 수 있기 때문이다. 아니, 경험적인 사태는 정반대가 아닐까. "도토리 한 알 옆에/ 또 도토리 한 알"이라는 표현처럼 우리는 사물-대상을 항상 각각의 개별적인 것으로 경험하지만, 다음 순간 지성의 알고리즘에 의해 그것들을 동일한 대상으로 인식하는 습관이 있다. 각각의 도토리가 생김새나 특징 등이 다른 대상임에도 불구하고 우리는 그것들을 '도토리(들)'이라고 말하면서 동일한 존재로 간주하곤 한다. 예술은 개별적 존재에게 고유성을 찾아주는 것에서 시작된다. 여럿의 형태로 존재하는 대상들을 각각의 특이성으로 감각할 수 있는 능력을 지닌 존재만이 예술가가 될 수 있는 것이다.

이처럼 "도토리 한 알 옆에/ 또 도토리 한 알"이라는 표현은 대표 단수인 '도토리', 또는 복수적인 표현인 '두 알'로는 드러낼 수 없는 복잡한 존재 방식을 함축하고 있다. 실제로 '두 알'이라는 표현은 개별성을 의미하는 '하나'보다는 복수적인, 그리하여 자칫 보통명사로 귀결될 수 있는 '둘'을 강조하는 것처럼 들린다. 이를 방지하기 위해서는 두 알의 도토리를 따로 또 같이 호명하는 방법이 창안되어야 하는데, “도토리 한 알 옆에/ 또 도토리 한 알”이 바로 그것이다. 다만 ‘하나’의 개별성을 지나치게 강조하다보면 ‘자연’이라는 세계가 거대한 관계망이라는 사실을 망각할 수 있다. 이 때문에 시인은 한편으로는 ‘개별성’을 존중하면서, 또 한편으로는 그 개별적인 것들의 연결, 즉 ‘관계’에 주목하고 있다. 그러므로 유강희의 시세계에서 모든 사물-대상은 하나이면서 둘이고, 둘인 동시에 하나로 간주된다. 가령 “서로 모르는// 딱한 우주처럼”이라고 표현되는 관계는 전자에 해당한다. 이 진술에 따르면 각각의 도토리는 저마다의 ‘우주’로 존재하며, 그것들은 “연애 기술을 모르는/ 도토리”처럼, 혹은 “서로 모르는” 것들처럼 존재하고 있다. 이러한 각자도생의 존재 방식은 연을 거듭하면서 “하나의 그림자가/ 하나의 그림자를/ 껴안고”, “도토리 귀를 슬쩍 잡아당기면/ 숲의 가장 안쪽 물결이 인다”라는 표현처럼 특정한 관계로 변한다. 이러한 관계성은 한 알의 도토리를 “하나의 절대,/ 하나의 세계/ 하나의 존재”라고 인식할 때에는 발생하지 않는다. 이처럼 시인은 대상의 개별성과 복수성 사이를 오가면서 그것들에서 일정한 관계의 잠재성을 읽어낸다. 「살구 한 알」에서 이러한 관계성은 “제가 먼 숲으로/ 저를 먼저 유배 보내고/ 울음만을 소인 없이/ 보내”(「살구 한 알」)오는 뻐꾸기의 울음을 통해 형상화된다. “당신과 나 사이/ 너무 섭섭해/ 다리 하나 놓아주려고"라는 표현처럼 시인은 '뻐'와 '꾹'이라는 두 개의 소리로 분절되어 들리는 뻐꾸기 울음을 '관계'의 청각적 이미지로 경험한다. 「잣과 돌」에 등장하는 '잣'과 '돌'의 관계("왼손에는/ 잣 한 송이/ 오른손에는/ 돌 한 개") 역시 '둘'의 형상이라는 관점에서 읽을 수 있다.

한 소녀가 한 소년에 의해
끌려가고 있었다
챙이 넓은 등산모를 쓴
소녀는 그러나 소년의 손이 아니라
소년이 앞장서 잡고 가는
막대기에 끌려가고 있었다
그 '하얗게 빛나는 막대기'를
소년은 무슨 귀중한 유산처럼
들고 가는데, 앞을 보랴 뒤를 보랴
갑자기 퍼붓는 빗속에 소년은
언뜻 가면서 오는 사람 아니
오면서 가는 사람처럼 보였다
흰 꽃을 짓이겨 만든 공처럼
얼굴이 작고 동그란 눈먼 소녀의 발 앞에
길이 먼저 더듬더듬 눕고 있었다
비는 점점 세차게 내리고
연꽃은 벌써 시등시등 지고 있었다

내 눈엔 소년이 소녀를 끄는 게 아니라
신기한 소녀가 소년을 끄는 것처럼
보였다 둘은 그만 물보라처럼
지워질 듯 자욱해져갔지만
못가의 부처꽃은 붉게 고개 쳐들고
저를 눕혀 빛을 만든 막대기는
하나의 오래고 굳센 약속처럼
공중을 받쳐 더욱 또렷이 빛났다
모르는 어딘가로 그들을 이끌고 있었다

—「부처꽃」 전문

이 시에 묘사된 '소년'과 '소녀'의 관계 역시 '하나'이면서 '둘'이다. 시인은 연꽃이 시들고 있는 산중의 연못 근처를 거닐다 우연히 한 소년이 한 소녀를 이끌고 가는 장면을 목격했다. 그런데 자세히 보니 '소년'과 '소녀'는 '손'이 아니라 "하얗게 빛나는 막대기"에 의해 연결되어 있는 것이다. 갑자기 퍼붓는 빗속에서 이들의 모습을 신기하게 지켜보는 화자에게 그 장면은 "신기한 소녀가 소년을 끄는 것처럼" 보이기도 한다. 이러한 진술의 불투명성은 독자의 관심을 사건의 진실, 즉 누가 끌고 누가 끌려가는가의 문제로 돌려놓는다. 하지만 이 시의 핵심은 인물의 정체가 아니라 '소년'과 '소녀'를 이어주고 있는 "하얗게 빛나는 막대기"이다. 모든 경험의 구체성이 그러하듯이, 이 시에는 사실과 상상이 뒤섞여 있다. "눈먼 소녀"라는 표현이 있으니 비가 내리는 연못 근처에서 '소년'과 '소녀'가 '막대기'에 의지해 산길을 걸어가고 있는 장면을 목격한 것이 시의 출발점일 것이다. 그런데 시인에게 '소년'과 '소녀'를 위태롭게 이어주고 있는 그 '막대기'는 단순한 도구 이상의 것으로 경험된 듯하다. 알다시피 '막대기'는 두 사람을 연결시켜주는 '관계'의 상징이다. 이 시에서 그것은 또한 시인에게 '시'가 도래하는 시적 순간을 지시하는 사물이기도 하다. 시적 순간이란 일상적인 것들이 비(非)일상적으로 경험되는 순간이고, 사물-대상에서 그것이 지닌 객관적 성질 이상의 어떤 가치가 뿜어져나오는 순간이다. 타인의 눈에는 단순한 '막대기'에 불과할지도 모를 것이 이 순간 시인에게는 "하얗게 빛나는 막대기"로 다가올 때, 그때 유강희의 시는 시작된다. 이처럼 시는 사물이 사물 자체로 머무는 인식이 아니라 사물과 인간이 비(非)일상적으로 경험되는 마주침에 대한 기록이라고 말할 수 있다. 그것은 "누구나 제 몸안에/ 자신이 아니면 팰 수 없는/ 젖은 장작개비가 있다"(「생채」)라고 이야기할 때의 '젖은 장작개비'에 불꽃이 튀기는 순간이라는 점에서 순전히 내면적인 경험이다. 유강희에게 이런 순간이야말로 시가 도래하는 시간이다. 시인은 이런 예외적 순간마다 사물-대상에서 '빛'이 새어나오는 것을 경험한다.

고라니가 산밑 작은 도랑에 누워 있다

바로 앞에는 견인차 보관소 철 울타리가 있고

그 안엔 시들어가는 차들이 짐승처럼 울부짖고 있다

견인차 보관소 옆을 오늘도 지나가고 있다

고라니는 풀섶 마른 도랑에 누워 있다

한 남자가 가방 속에서 죽은 아이를 찾고 있다

하지만 아이는 이미 고라니 발굽 속으로 사라진 뒤다

점점 더 독한 밤이 밀려왔으나 하이얀 송곳니가 초승달처럼 빛났다

무섭도록 커다란 눈망울이 그걸 바라보고 있다

고라니가 아직 구름 조각처럼 거기 누워 있다

—「고라니」 전문

유강희에게 시적 순간은 '빛'을 통해 도래한다. 물론 여기서의 '빛'은 광학적(optical) 현상과 무관하게 사물-대상에

서 "제 몸안에 오래 가두어두었던"(「기러기의 최후」) 어떤 것이 흘러나오는 존재의 '발음'이다. 「부처꽃」에서 '소년'과 '소녀'를 이어주던 평범한 막대기가 불현듯 "하얗게 빛나는 막대기"로 경험되는 장면이 그러하듯이, 그것은 사물-대상이 시인에게 말을 건네고 시인이 그것에 응답하는 매혹의 순간이라고 말할 수 있다. 매혹된다는 것은 철저하게 내면적인 관계이니, "나의 관심은 그러나 그것들에 있지 않다/ 지금 살아 있는 것들의 불타오르는 내면을/ 나의 열렬한 정부로 삼고 싶을 뿐"(「나는 산불감시초소를 작업실로 쓰고 싶다」)이라고 말할 때의 '불타오르는 내면'이 바로 그렇다. 인용 시의 화자는 우연히 산 아래 작은 도랑에 누워 있는 고라니를 발견한다. 시인은 의식적으로 고라니의 생사에 대해 판단하지 않는다. 대신 '누워 있다'라는 술어를 반복함으로써 우리를 그 경험의 장소로 데려가고, 시간의 변화에도 불구하고 움직이지 않는 상태가 무엇을 의미하는지 상상하게 만든다. 산밑 작은 도랑에, 그리고 풀섶 마른 고랑에 누워 있는 고라니와, 그것과 나란히 이웃하고 있는 "견인차 보관소 철 울타리"가 대비되는 장면에서 우리는 이 세계가 '고라니=자연'에 결코 유리한 곳이 아님을 직감하게 된다. 그렇지만 시인의 관심은 자연은 선(善)이고 기계는 악(惡)이라는 진부한 도덕적 판단을 반복하는 데 있지 않다. 오히려 그는 이 비극적인 장면에서조차 '빛'을 발견한다. "점점 더 독한 밤이 밀려왔으나 하이얀 송곳니가 초승달처럼 빛났다"라는 구절이 그것이다. 여기에서 '밤'의 어둠을 배경으로 빛을 발하고 있는 고라니의 송곳니는 문명의 폭력에 압도되었음에도 불구하고 쉽사리 꺼지지 않는 자연의 생명력을 나타내는 듯하다.

이처럼 시인에게는 빛나는 것이 발견되는 순간이 곧 시적 순간이다. 시인이 무심코 집었다가 내려놓은 돌에서 빛을 발견할 때("아직 조금 빛을 품고 있는 돌"(「돌」)), 가을 아침 나무 아래에서 발견된 매미 사체에서 빛을 발견할 때("반짝, 빛난다"(「매미의 임종」)), 개의 날카로운 이빨에 목덜미를 물려 죽어가는 기러기의 눈에서 반짝이는 것을 발견할 때("잠시 기러기 눈에서 무언가 반짝 빛났다"(「기러기의 최후」)), 겨울 산골짜기에서 잣 한 송이와 돌 한 개를 발견하고 마음이 반짝거림을 느낄 때("이 귀한 마음의/ 반짝거람을"(「잣과 돌」), 늦은 밤 시창작 교실에 모인 사람들에게서 빛이 느껴질 때("그 검은 부리들, 저리 반짝 빛나고"(「밤의 시창작 교실」)), 그리고 밤을 치는 아버지의 모습에서 "빛나는 밤의 종교"(「아버지가 깎은 건 밤이 아니야」)를 발견할 때, 바로 이 순간에 지극히 일상적인 장면들이 시적인 장면으로 전환된다. 그런데 "저를 눕혀 빛을 만든 막대기"(「부처꽃」)라는 표현처럼 시인에게 '빛'은 '수직적인 것'이 '수평적인 것'으로 바뀌는 순간과 함께 도래한다. 앞에서 살폈듯이 시인에게 수직적 형상은 현대성의 상징이다. 그러므로 "저를 눕혀 빛을 만든 막대기"라는 진술은 '빛=시'가 '문명'보다는 그것에 대한 성찰로서의 '자연'에 가깝다는 시론(詩論)으로 읽을 수도 있다. 유강희에게서 시는 발생적으로 '자연'에 가까운 것으로 이해된다.

어릴 적 종기 난 엉덩이

돌팔이 침쟁이에게

잘못 맞은 침,

절뚝발이 된 여자,

햇볕에 까맣게 그을려

소금돌이 된 여자,

차부 삼거리

보인당약국 끼고 돌면

삼일당제분소 맞은편

회양목과 낮은 소나무 사이

부—욱 뜯긴 하늘을

그녀의 일곱 개 발로

절금절금 은실 꿰어 깁는

막 소나기 내리기 삼초 전,

—「거미 수선집」 전문

유강희의 시적 상상력은 동시와 일맥상통한다. 사물-대상을 바라보는 그의 시선은 세계를 호기심의 눈으로 바라보는 아이의 그것을 닮았다. "아침마다, 어린애들은 불안을 모르고 길을 떠난다"라는 초현실주의자 앙드레 브르통의 말처럼, 또는 "어린아이는 순진무구요 망각이며, 새로운 시작, 놀이, 스스로의 힘에 의해 돌아가는 바퀴이며 최초의 운동이자 거룩한 긍정이다"라는 철학자 니체의 말처럼, '아이'는 새로움과 호기심을 두려워하지 않고, '용' 같은 공포의 대상조차 놀이의 대상으로 간주하는 뛰어난 능력을 지녔다. '능력'의 관점에서 본다면 사물-대상을 기능, 가격, 용도 같은 기존 맥락 속에서만 인식하는 현대인과 어른이 훨씬 무능력한 존재라고 말할 수 있다. 니체는 이러한 아이의 긍정능력이 위대한 '망각'의 힘에서 비롯된다고 주장했는데, '놀이'의 관점에서 보면 그것은 사물-대상을 본래적인 맥락에서 분리해내는 상상력에 의해서 가능하다. 즉 니체가 말하는 '망각'이란 사물에 대한 기존의 인식과 사용법을 잊는다는 것, 그럼으로써 사물-대상을 전혀 다른 것으로 상상하는 '유희'를 의미한다. "나무 위에서 아이와 검은 염소가/ 달과 해 별을 섞은 이상한/ 공깃돌 놀이를 하고 있다"(「구름 만년필」)라고 말할 때의 '공깃돌 놀이'도 이런 '유희'에 해당한다. 그리고 '거미'를 바라보는 시인의 시선 또한 그렇다. 시인은 '거미'를 한 사람의 '여성'으로 의인화한 다음 그녀에게 삶의 이력을 만들어준다. 그녀는 어린 시절에 침을 잘못 맞아 '절뚝발이'가 되었다는 것이다. 하지만 그것은 상상에 의해 만들어진 이력에 불과한 것이다. 시인은 우연히 "회양목과 낮은 소나무 사이"에 매달려 있는 '거미=그녀'를 발견했다. 그런데 시인은 이 평범한 일상적 풍경을 상상력을 통해 비(非)일상적인 시적 장면으로 변주한다. 이를 위해서 그는 '거미'를 '그녀'로 변신시키고, 나무 사이에 거미줄을 치고 있는 거미의 행위에 "부—욱 뜯긴 하늘을// 그녀의 일곱 개 발로// 절금절금 은실 꿰어 깁는"다는 의미를 부여한다. 이러한 상상을 한낱 유희라고 말하는 것은 쉬운 일이다. 하지만 이 상상 속에서 거미의 형상은 단순한 자연 현상이 아니라 균열된 세계를 봉합하는 치유의 의미를 획득하게 된다.

옥토끼가 있는 마을이다
귀뚜라미가 사람의 말을 하는 마을이다
고양이와 쥐가 함께 노는 마을이다
기름집이 있는 마을이다
싸전가게 뚱뚱보 영감이 있는 마을이다
새끼 전차를 타고 서울 가는 마을이다
그렇지만 진짜 전차가 있는 마을과는 아주 멀리 떨어진 작은 마을이다
커다란 돼지 세 마리를 따라가다 길을 잃고 우는 마을이다
토끼가 늑대를 무서워하지 않는 마을이다
국숫집 문짝이 나귀등처럼 따뜻한 마을이다
남의 집 비단옷을 밤늦도록 짓는 엄마와
다래같이 눈이 커다란 아이 단둘이 사는 마을이다
조그만 것을 좋아하는 땜가게 할아범이 사는 마을이다
그 땜가게 할아범에게 가서 우리 배고픈 눈물부터 때우자

그러나 우리는 갈 수 없단다
노마가 너무 늙어서,
영이가 너무 늙어서,
기동이가 너무 늙어서,
똘똘이가 너무 늙어서,

그만 사다리 등도 굽었단다
그동안 높이 오르는 데만 열중해서
우리는 이제 그곳에 갈 수 없단다

—「현덕의 동화」 부분

화가 샤갈의 동화적 세계를 연상시키는 이 작품은 유강희의 시에서 동화적 상상력이 갖는 의미를 함축하고 있다. 오해와 달리 '동화'는 아이의 장르가 아니며, '아이'는 미(未)성장한 어른이 아니다. 많은 예술가와 철학자가 '아이'를 칭송한 까닭은 그들이 사물을 새로운 시각에서 바라보는 능력을, 매 순간 새로운 놀이를 창안함으로써 삶을 긍정하는 능력을 지녔기 때문이다. 이러한 동화적 상상력은 현실법칙의 중력에서 자유롭다는 점에서 예술, 특히 문학과 일맥상통한다. 동화의 세계에는, 그리고 문학에서는 "옥토끼가 있는 마을"이 등장하고, "고양이와 쥐가 함께" 놀기도 하며, "새끼 전차를 타고 서울 가는" 일이 가능하다. 또한 거기에서는 "토끼가 늑대를 무서워하지 않"고, "남의 집 비단옷을 밤늦도록 짓는 엄마와/ 다래같이 눈이 커다란 아이 단둘이 사는 마을"이 세워진다. 당연히 이런 동화 속 마을은 "진짜 전차가 있는 마을과는 아주 멀리 떨어진" 곳이어서 동화는, 문학은 재현의 세계로 이해될 수 없다. 하지만 시인에 따르면 '우리'는 더 이상 그 '마을'에 갈 수가 없다. 모두가 너무 늙어버렸기 때문이다. 늙음, 즉 나이가 든다는 것은 이러한 상상의 세계보다 눈앞의 현실을 더 신뢰한다는 것이고, 도토리 '두 알'과 "도토리 한 알 옆에/ 또 도토리 한 알"의 차이보다 그것들을 어떻게 먹고 얼마에 팔 수 있는가에 더 민감해진다는 것이다. 근대 이후에 등장한 대도시는 '어른'이 지배하는 대표적인 공간이다. 이곳에 살고 있는 사람들의 대부분은 '꽃' '나무' '벌레' 등의 개별성을 구별하지 못한다. 도시인들에게는 '꽃'과 '나무'의 이름을 아는 일이 전혀 중요하지 않기 때문이다. 이처럼 '어른'이 지배하는 세계에서 사물-대상은 개별성과 특이성으로 이해되기보다는 화폐적 가치로 판단되므로 결국 '동화(적 상상력)'은 어른의 시선으로는 이해할 수 없는 것, 그리하여 무가치한 것으로 인식될 뿐이다. '아이'의 시선을 내장하고 있는 유강희의 시편들을 읽다보면 '어른'의 세계에서, '어른'이 만든 질서에 따라 살아가는 우리가 어떤 질병을 앓고 있는가를 깨닫게 된다.

유강희 1968년 전북 완주에서 태어났다. 1987년 서울신문 신춘문예를 통해 등단했다. 시집 『불태운 시집』 『오리막』, 동시집 『오리 발에 불났다』 『지렁이 일기 예보』 『뒤로 가는 개미』 『손바닥 동시』를 펴냈다.

문학동네시인선 113
고백이 참 희망적이네

1판 1쇄 2018년 11월 22일
1판 2쇄 2018년 12월 17일

지은이 | 유강희
펴낸이 | 염현숙
책임편집 | 강윤정
편집 | 김봉곤 김영수 김필균 김민정
디자인 | 수류산방(樹流山房)
본문 디자인 | 유현아
마케팅 | 정민호 박보람 나해진 우상욱
홍보 | 김희숙 김상만 이천희
제작 | 강신은 김동욱 임현식
제작처 | 영신사

펴낸곳 | (주)문학동네
출판등록 | 1993년 10월 22일 제406-2003-000045호
주소 | 10881 경기도 파주시 회동길 210
전자우편 | editor@munhak.com
대표전화 | 031) 955-8888 팩스 | 031) 955-8855
문의전화 | 031) 955-3576(마케팅), 031) 955-2678(편집)
문학동네카페 | http://cafe.naver.com/mhdn
북클럽문학동네 | http://bookclubmunhak.com

ISBN 978-89-546-5380-0 03810
값 | 8,000원

* 이 도서의 국립중앙도서관 출판예정도서목록(CIP)은 서지정보유통지원시스템 홈페이지(http://seoji.nl.go.kr)와 국가자료공동목록시스템(http://www.nl.go.kr/kolisnet)에서 이용하실 수 있습니다. (CIP 제어번호 : CIP2018036529)

www.munhak.com
문학동네